STANCES

POVR

IESVS-CHRIST.

A PARIS,
Chez Edme Martin, ruë sainct Iacques,
au Soleil d'or.

M. DC. XXVIII.
Auec Priuilege du Roy, & Approbation.

Fausses Diuinitez à grand tort adorées,
Dont les vaines ardeurs transportent les mortels
Qui charmez par vos sons vous dressent des autels,
Et rendent d'Helicon les sources reuerées.
Esloignez-vous de moy Fantosmes odieux :
J'entreprens de chanter le chef-d'œuure des Cieux,
Et de CHRIST Homme-Dieu celebrer les loüanges.
Si la fureur profane inuoque les neuf Sœurs,
Ie puis bien inuoquer tous les neuf Chœurs des Anges
Pour verser dans mes vers leurs celestes douceurs.

II.

Alors que ces six iours esclatans de merueilles
Virent naistre de rien tant d'ouurages diuers ;
Et que pour establir vn Roy dans l'vniuers
Dieu versa sur Adam ses graces nonpareilles.
A peine le dernier eut acheué son cours,
Que Sathan appellant la Femme à son secours
Perdit le genre humain en faisant pecher l'homme.
Peché qui meritez & la flamme & le fer,
Crime prodigieux : Faut-il pour vne pomme
Quitter vn Paradis, & choisir vn Enfer ?

Dans ce premier estat d'vne heureuse innocence
Tout climat en tout temps auroit porté des fleurs,
Jamais aucun mal-heur n'eust fait verser des pleurs,
Et sans cesse la paix eust donné l'abondance.
Comme vn maistre absolu dans sa propre maison,
Nous aurions sur nos sens veu regner la raison :
Et nous sommes, helas ! dans l'exil de la terre
Esclaues, & non Rois de nos affections :
Mais puis qu'à nostre Dieu nous auons fait la guerre,
Nous pouuons bien l'auoir dedans nos passions.

IIII.

Conuertissons nos yeux en des sources de larmes,
Jettons tant de souspirs qu'ils nous lassent le flanc,
Versons de nostre cœur des deluges de sang :
Dieu ne peut resister à de si fortes armes.
L'excez de sa bonté ne sçauroit consentir
Que l'extreme douleur de nostre repentir
Soit iointe au desespoir d'vn eternel supplice.
Mais comment ma raison t'aueugles-tu si fort :
Que seruent nos regrets pour faire cet office
Puis que tous par vn seul ont merité la mort ?

Si de quelques ruisseaux les eaux enuenimées,
Si de quelques rameaux les fruicts empoisonnez,
Estoient cause du mal qui nous tient enchaisnez,
Nos voix du desespoir ne seroient animées.
Mais la source & le tronc dont nous sommes sortis
Nous ayant pour iamais au vice assubiettis,
D'aucune guerison nous ne sommes capables.
Nostre iuge est vn Dieu tout iuste & tout puissant:
Il est donc obligé de punir les coulpables,
Et pas vn d'entre nous ne se trouue innocent.

VI.

C'est icy, Createur des hommes & des Anges,
Que l'abysme infiny de vostre eternité,
Pour redonner le Ciel à nostre humanité,
Tire de ses replis des miracles estranges.
Iusques dans les Enfers, Demons, tremblez d'horreur,
Ie me sens agiter d'vne saincte fureur
Par l'esprit tout-puissant qui forme mes paroles.
Vn enfant vient rauir le Sceptre de vos mains.
Terre ouurez vostre sein, Ciel abaissez vos Poles,
Pour ouir les secrets du salut des humains.

Quelque grande que fuſt la faute originelle,
Si par l'eſtre d'Adam elle ſe meſuroit,
Pour expier ce mal noſtre mort ſuffiroit,
Sans qu'il falluſt ſouffrir vne peine eternelle.
Mais l'obiect infiny de la Diuinité
Se trouuant offenſé par noſtre iniquité,
Rend le crime infiny, & la peine infinie.
Humanité, qui peut aſſez te deplorer,
Puis qu'infinis Enfers puniroient ta manie,
Si ton eſtre finy les pouuoit endurer?

VIII.

Pour tirer l'vniuers de ce mal-heur extreſme,
Ta iuſtice, Grand Dieu, ceddant à ton amour,
Dans ce nouueau cahos tu fais naiſtre le iour
Par vn nouueau Soleil que tu prens en toy-meſme.
Du milieu de ton ſein de toute eternité,
Sans en rien alterer ta parfaite vnité,
Procede ce Soleil qui t'egale en puiſſance,
Et qui luit comme toy ſur la voute des Cieux:
Mais puis que c'eſt ton Fils, ton Verbe, & ton Eſſence,
Pourquoy ſeroit-il moins adorable à nos yeux?

Ineffable present : C'est vn Dieu qui se donne
Pour appaiser ce Dieu contre nous irrité :
Et c'est vn Dieu de Dieu, qui dans la Trinité
Tient le rang eternel de seconde personne.
Mais la Diuinité ne pouuant rien souffrir,
Ce Fils voulant pour nous à son Pere s'offrir,
A son estre immortel, ioint l'humaine nature.
Dans cet abaissement, mon ame abaisse toy :
Car nostre Createur s'estant fait creature,
Il faut que la raison face place à la foy.

X.

Quel sainct enchantement fait dans ses aduantures
Par vn art tout diuin trouuer la verité,
Dont en la vieille loy souz tant d'obscurité
Nos peres possedoient seulement les figures ?
Quel est cet heureux iour, quel est ce sacré lieu
Choisis dans l'vniuers pour faire vn Homme - Dieu,
Et par vn si grand prix racheter tout le monde ?
Esprit Sainct qui voulant ce mystere accomplir
Rendis par ton amour vne Vierge seconde :
Fay que de ton ardeur ie me sente remplir.

XI.

Terre, seiche tes pleurs : Ne crains plus la furie
D'vn Dieu que ton orgueil a si fort offencé.
Escoute en mots sacrez ton salut annoncé
Par vn Ange du Ciel à la chaste Marie.
Eue par son peché nous a causé la mort :
La Vierge que tu vois, par vn contraire sort,
Dans ses flancs bien-heureux porte le fruict de vie,
Et nous donne vn Enfant qui se doit adorer :
Ainsi du gain d'vn Dieu nostre perte est suiuie.
Qui vid iamais vn mal si bien se reparer ?

XII.

Reyne de l'vniuers, Femme miraculeuse,
Dans l'estat glorieux de ta maternité,
Tu peux, mieux que le Ciel, dire auec verité
Que tu comprens celuy qui te rend bien-heureuse.
Le sainct Esprit conioinct le Pere auec le Fils :
Et toy Pere Eternel, quand le dessein tu fis
De rendre vn Homme-Dieu, tu choisis ceste Mere ;
Et voulus par ton Fils auec elle t'vnir,
Afin que la grandeur de ce sacré mystere
Subsistant par vn Dieu ne peust iamais finir.

Qu'apperçoiuent mes yeux, Qu'entendent mes oreilles
Dans la tranquillité de ceste heureuse nuict,
Qui par mille clairtez plus que le iour nous luit,
Et des Cieux à la terre annonce les merueilles?
O nuict qui vois flechir le monde souz tes loix,
Qui fais que les Pasteurs, les Anges, & les Rois
Adorent cet enfant que tu vas faire naistre.
O nuict qui viens donner vne mere à vn Dieu,
Aux hommes vn Sauueur, et aux Anges vn Maistre.
Ie renonce au Soleil, & te prens en son lieu.

XIIII.

C'est maintenant, Seigneur, que cessent les oracles:
Nous possedons celuy qu'on esperoit iadis:
Sans sortir de la terre on est en Paradis:
Ton amour a produit le plus grand des miracles.
Nos vœux sont exaucez, IESVS nous est donné:
Les Cieux nous sont ouuerts, le Redempteur est né;
Et dans l'heur nonpareil d'vne telle naissance,
Où comme dans vn poinct vn Dieu s'est racourcy,
Le centre est aussi grand que la circonference:
Quel chef-d'œuure pouuoit egaler celuy-cy?

XV.

Soleil, viens adorer ce Soleil de nos ames;
Et sois plus glorieux d'emprunter ta clarté
Des rayons esclatans de sa diuinité,
Que de voir l'vniuers esclairé de tes flammes.
Estoile, que le Ciel enuoye en Orient,
Mene viste ces Rois : IESVS en sousriant
Tesmoigne le plaisir qu'il prend en leurs hommages.
Mais parmy les transports d'vn iour si fortuné,
Recourez à la foy pour recognoistre, Sages,
La Sagesse eternelle en ce Verbe incarné.

XVI.

Miraculeux Enfant, tes Grandeurs ineffables
Rauissent tous mes sens, & ne m'estonnent pas :
Car ton estre infiny, comme vn diuin compas,
Ne forme point de traicts qui ne soient adorables.
Mais l'estat du Neant où ie te voy sousmis,
Capable d'esmouuoir tes plus grands ennemis,
Est cause de l'effroy dont mon ame est atteinte;
Et redoublant l'horreur que i'auois du peché,
Du profond de mon cœur arrache ceste plainte,
Faut-il pour me trouuer qu'vn Dieu se soit caché?

Qui peut s'imaginer vn Dieu dedans l'enfance ?
Vn Dieu naiſtre au milieu des plus vils animaux ?
Vn Dieu prendre ſur luy la rigueur de nos maux ?
Et dans vn corps mortel eſprouuer la ſouffrance ?
Pouuois-tu mieux, Seigneur, qu'en ceſte obſcurité
Nous cacher la ſplendeur de ta Diuinité,
Et par vne admirable & ſaincte tromperie
Faire croire à l'Enfer qu'il pouuoit offenſer
Celuy qu'il ne tenoit que pour fils de Marie;
Ce que du fils d'vn Dieu il n'euſt oſé penſer.

XVIII.

Du haut du firmament, Pere eternel contemple
Ton enfant nouueau né verſer deſia ſon ſang,
Et d'vn pauure pecheur voulant tenir le rang,
Pour accomplir la loy ſe preſenter au temple.
Voy que n'ayant encor la force de marcher
Il court dans vn'exil, afin de ſe cacher,
Et fuir d'vn Tyran la rage forcenée.
Mais regarde ſur tout comme ſa charité,
Qui par aucuns trauaux ne peut eſtre bornée,
Pour ſon char de triomphe a pris l'humilité.

XIX.

Comme on void vn grand fleuue au sortir de sa source
Rouler parmy les champs ses longs flots argentez,
Et trouuant des canaux souz la terre voutez,
Disparoistre à nos yeux en commençant sa course.
Puis effacer l'esclat du plus riche metail
Lors que bien loin de là son liquide crystail
S'espand à gros boüillons au milieu d'vne plaine,
D'où par vn nouueau cours, grossi de cent ruisseaux,
Il va dans l'Ocean comme à perte d'haleine
S'acquitter du tribut que luy doiuent ses eaux.

XX.

Ainsi de IESVS-CHRIST la grande renommée,
Qui d'vn pas si leger couroit par l'vniuers,
Et monstroit à nos yeux ses miracles diuers,
Dans vn estat caché s'estoit comme abysmée.
Mais apres mille tours, mille sacrez replis,
Lors que ce Dieu mortel eut trente ans accomplis,
Il vint recommencer sa celeste carriere;
Et sans plus s'arrester, d'vn cours beaucoup plus fort,
Respandit à grands flots la grace & la lumiere
Jusqu'au iour qu'il paya le tribut à la mort.

Voix, qui dans le desert presches la penitence,
Sors afin d'effacer en ce iour solemnel,
Par vn Baptesme sainct, le mal originel;
Iesvs se met dans l'eau pour lauer nostre offence.
Mais voix ne parle plus, escoute vne autre voix
Dont la terre & les Cieux recognoissent les loix,
Qui le nomme son Fils, & son amour supresme.
Fleuue arreste ton cours, où vas tu si soudain?
L'Ocean maintenant quitte son diadesme,
Et se tient honoré de cedder au Iourdain.

XXII.

Iamais de tant d'espics vne plaine feconde
N'enrichit les guerets par ses tuyaux dorez;
Iamais de tant de feux les Cieux ne sont parez
Lors que l'Astre du iour se repose dans l'onde;
Et iamais le Printemps auec tant de couleurs
Ne compose l'émail de ses diuerses fleurs;
Que des biens-faits de Christ la terre on void semée,
Qu'on void de ses rayons les esprits esclairez,
Et que sa charité par soy-mesme enflammée,
A d'attraits differens dignes d'estre adorez.

Toutes ses actions sont Miracles estranges,
Les flots dessouz ses pieds se sentent affermir :
Quand il tence les Vents ils n'osent plus fremir :
Quand il parle aux Muets ils chantent ses loüanges.
Sa voix apprend aux Sourds à distinguer les sons :
Sa voix des Possedez fait sortir les Demons,
Et les Aueugles naiz cognoistre la lumiere.
Qui par tant de biens-faits ne se verra toucher,
Et sousmettre à Iesvs sa liberté premiere,
Si ce n'est d'vn cœur Iuif l'insensible rocher ?

XXIIII.

Pour sendre ce rocher, Faut-il Peuple infidelle,
Que Iesvs face encor que les ames des morts,
Apres tant de trauaux endurez dans leurs corps,
Y rentrent pour souffrir vne prison nouuelle ?
Regarde le Lazare auec estonnement,
Qui quatre iours aprés qu'il fut au monument
S'est veu ressuscité par l'autheur de la vie.
Si la voix des viuans n'a pas eu le pouuoir
De rendre à ses grandeurs ta bassesse asseruie,
Le langage des morts doit-il pas t'esmouuoir ?

Mais peut estre, Israël, pour t'obliger à croire,
Tu veux que de IESVS la saincte humanité
N'arreste plus l'esclat de sa diuinité,
Et qu'il se monstre à toy tout reluisant de gloire.
Voy donc que le Soleil cache ses tresses d'or,
Quand ce diuin Soleil paroist sur le Tabor
Couronné de rayons, & brillant de miracles.
Si tu n'es point touché d'obiects si rauissans,
Pour dresser en ce lieu de sacrez tabernacles,
Peuple, comment tes yeux seront-ils innocens?

X X V I.

Ie laisse ces pecheurs, ô saincte Penitente,
Pour venir admirer tes nouuelles ardeurs:
IESVS de tes parfums prise moins les odeurs
Que l'amour enflammé que ton cœur luy presente.
Il ne peut resister à tes pudiques vœux
Qui mettent à ses pieds l'or de tes beaux cheueux
Apres que tu les as arrousez de tes larmes.
Il est aussi content comme il estoit fasché:
L'excez de ta douleur luy fait quitter les armes,
Car l'amour est beaucoup plus fort que le peché.

Prens exemple, Sion, à ceste pecheresse;
Jnuente pour IESVS des triomphes no[uu]eaux;
Qu'il marche sur des fleurs, & non sur des rameaux;
Qu'il monte sur vn char, & non sur vne asnesse;
De ton temple pour luy pare tous les autels;
Fay retentir par tout ses honneurs immortels;
Que diuers instrumens en differentes sortes
Joignent à tes chansons leurs airs melodieux,
Et romps plustost tes murs que de fermer tes portes,
Puis qu'il vient par sa mort t'ouurir celle des Cieux.

XXVIII.

Comme on void quand la nuict vient desployer ses voiles,
Et dessus l'horizon dominer à son tour,
Le Soleil au couchant faire luire le iour,
Et mettre ses rayons au dessouz des estoilles.
Ainsi de IESVS-CHRIST l'extreme humilité,
Apres tous ses honneurs deuz à sa Maiesté,
Prosterne sa grandeur aux pieds de ses Apostres.
Quoy tu laues, Seigneur, les pieds à des pecheurs,
Et ceste charité ne force point les nostres
A courir apres toy pour te donner nos cœurs?

XXIX.

O prodige d'amour, Quel est ce nouueau gage
Que tu nous viens donner, & qui nous est si cher ?
Quoy veux-tu, mon Sauueur, que nous mangions ta chair,
Et que ton propre sang nous serue de breuuage ?
Fermons les yeux du corps, ouurons ceux de la Foy :
Ce Mystere est si grand qu'il me met hors de moy,
Et par vn change heureux te fait prendre ma place.
Possede moy, Seigneur, auec vn plain pouuoir ;
Ie ne veux desormais occuper autre espace
Que celuy qu'il me faut pour te bien receuoir.

XXX.

Si tous les Saincts du Ciel sont remplis de merueille
De voir vn Dieu caché dedans vn corps humain ;
Comprendrons-nous qu'il soit souz l'espece du pain
A l'instant que sa voix a frappé nostre oreille ?
Comprendrons-nous aussi que ce corps glorieux
Soit le mesme à l'autel qu'il est dedans les Cieux,
Et qu'il puisse remplir infinis lieux ensemble ?
O labyrinthe Sainct ! Quand nous pourrions trouuer
Par quels moyens ton art ces mysteres assemble,
Il faut nous perdre en toy, afin de nous sauuer.

C

Mais où vas-tu, Seigneur? Le iardin des Oliues
Ne produira pour toy que des afflictions,
Tu seras combatu dans tes affections
Qui craindront de se voir de la douleur captiues.
Helas! n'est-il pas vray qu'il te faut consoler?
Ange, descens du Ciel, & regarde couler
Ceste sueur de sang qui fait rougir la terre.
Apostres, reputez à bon-heur nonpareil
Ce dormir si profond qui vos paupieres serre,
Vous mourriez de regret sans la mort du sommeil.

X X X I I.

Ha, ie dis trop de vous, insensible College,
Qui pouuez sans mourir voir ce traistre Iudas,
Ce perfide apostat s'auancer à grands pas
Pour donner à IESVS vn baiser sacrilege.
Quoy, pour trente deniers, Cruel, tu n'as horreur
De contenter des Iuifs la barbare fureur?
Enfer, viens engloutir ceste ame abominable;
Corbeaux, venez seruir à son corps de tombeau;
Et pour monstrer combien ce crime est execrable,
Qu'il soit auparauant luy-mesme son bourreau.

Mais tandis que ma voix va poursuiuant ce traistre,
Les troupes qu'il conduit emmenent mon Sauueur.
Glorieux Seraphins, quelle est vostre ferueur?
Pourquoy ne venez-vous secourir vostre Maistre?
Lairrez-vous impunis ces tigres inhumains,
Qui veulent enchaisner ces redoutables mains
Dont la terre & les Cieux adorent la puissance?
Mais ce sont des arrests par luy-mesme donnez;
Il veut pour nous sauuer embrasser la souffrance:
C'est pour suiure ses loix que vous l'abandonnez.

XXXIIII.

O Christ, Roy tout ensemble, et souuerain Pontife,
Que ce grand Vniuers cognoist pour son autheur,
Pourrons-nous bien te voir, ainsi qu'vn imposteur,
Toutes sortes d'affronts endurer chez Caïfe?
Maudits Pharisiens, Faut-il pour auoüer
Qu'il est le fils de Dieu, qu'on l'oze bafoüer,
Comme s'il auoit dit vn estrange blaspheme?
Punis, Pere Eternel, ceste temerité
Qui ne peut supporter que la Verité mesme
En vn subiect si grand dise la verité.

Apostre destiné pour gouuerner l'Eglise,
Et porter en tes mains les clefs du Paradis:
Où sont ces mouuemens nagueres si hardis?
Ne t'en souuient-il plus, ny de ta foy promise?
Comment souffrirois-tu les tourmens de la Croix?
Desia ton Createur tu renonces trois fois
Par la peur de mourir, dont ton ame est saisie.
Fermeté, desormais où te doit-on chercher,
Si la pierre que CHRIST *a luy-mesme choisie*
Est vn sable mouuant & non pas vn rocher?

XXXVI.

I'entens le chant du Coq, & vois à la mesme heure
Cet oyseau du Soleil, en saluant le iour,
Faire naistre en ton cœur, par vn heureux retour,
Vn regret si cuisant qu'il semble qu'il en meure.
Pierre ne crains plus rien: ce sacré repentir
Est vn des fondemens sur quoy Dieu veut bastir
L'edifice immortel de son Eglise sainte.
Si ton ame eust esté constante dans la Foy,
Tu ne la verrois pas dans l'heureuse contrainte
D'esperer tout de luy, & du tout rien de toy.

Desir ambitieux de regir des Prouinces,
Tu vois plus volontiers l'innocent opprimer,
Que de souffrir pour luy qu'on te puisse blasmer
De ne maintenir pas l'authorité des Princes.
Pilate, pour IESVS tu donnes Barrabas;
Et l'estimant vn Dieu, pour Cesar tu combas
Contre ta conscience, & celle de ta femme.
Que pourroient faire pis les bourreaux des Romains?
Hypocrite, crois-tu, souillant ainsi ton ame,
Effacer ton peché quand tu laues tes mains?

XXXVIII.

Comme l'on void rauir la brebis innocente
Par des loups affamez, qui deschirent son flanc,
Et trempent sans pitié leur langue dans son sang
Pour assouuir la soif de leur gueule beante.
Ainsi Iuifs furieux vous traictez, IESVS-CHRIST,
Quand vostre cruauté dessus son corps escrit
En des lettres de sang vos vengeances brutales.
Vous ioignez le mespris auec les coups de foüet,
Et n'apprehendez point les horreurs infernales
Qui vous feront seruir aux Demons de ioüet.

Que la pourpre des Rois cedde à ceste escarlate
Que ces méchans, mon Dieu, te donnent pour manteau;
Car teinte dans ton sang, le rubis n'est si beau,
Bien que de mille feux à nos yeux il esclate.
Les espines aussi, par ce sang si vermeil,
Effacent la splendeur des rayons du Soleil
Quand les Iuifs sur ton chef en font vne couronne.
Et le foible rozeau, lors qu'il touche ta main
Deuient vn sceptre Auguste, & semble qu'il ordonne
De l'heur & du mal-heur de tout le genre humain.

X L.

Mais toutes ces grandeurs aux Iuifs sont incognuës:
Leur esprit est frappé d'vn tel aueuglement,
Qu'ils veulent adiouster tourment dessus tourment
Pour en faire vn monceau qui croisse iusqu'aux nuës.
Regarde les, Seigneur, à genoux deuant toy,
Te nommer par mespris, leur Prophete, leur Roy;
Te donner des soufflets, te cracher au visage.
Que ne perissent-ils par tes foudres vangeurs?
Ils seroient desia morts, mon Dieu, si ton courage
Ne ceddoit au desir de sauuer les pecheurs.

L ES Tigres *&* les Ours acharnez au carnage
Seroient las desormais de tant de cruautez :
Et , Iuifs , vous redoublez vos inhumanitez ,
Dont les horreurs ne font qu'augmenter voftre rage.
Au lieu de recognoiftre à la fin voftre tort ,
Vous voulez que IESVS efprouue par fa mort
Tout ce que la fureur eft capable de faire.
Et tant d'actes fanglans , dont la diuerfité
S'efpand en mille lieux , font choifir le Caluaire
Pour feruir de theatre à voftre impieté.

XLII.

M Ontagnes qui voyez à vos pieds les tempeftes
Et qui portez fi haut vos fronts audacieux
Qu'ils commandent la terre *&* menacent les Cieux ,
Venez foufmettre icy vos orgueilleufes teftes.
Le Caluaire deuient le Roy de tous les Mons ;
Le feul bruit de fon nom fait trembler les Demons ,
Et remplit tous les cœurs de refpect *&* de crainte.
N'admirons pas pourtant ces miracles diuers ,
Car , comme Sinay , cefte montagne fainte
Eft le throfne auiourd'huy du Dieu de l'vniuers.

XLIII.

Tu t'en vas, mon Sauueur, ta charité te presse
De marcher à grands pas pour embrasser ta Crois :
Les Filles de Syon ne peuuent ceste fois
Empescher que leurs pleurs ne monstrent leur tristesse.
Descharge toy, Seigneur, d'vn fardeau si pesant,
Car si tu succombois dessous ce mal present
Tu ne pourrois souffrir celuy de ton supplice.
O merueille d'amour, qui peut assez t'aimer ?
Vid-on iamais hostie allant au Sacrifice
Porter le bois fatal qui la doit consommer ?

XLIIII.

Heureux Cyrenien, les Saincts portent enuie
Au bon-heur nonpareil qui t'arriue en ce lieu.
La Croix que tu soustiens, doit soustenir vn Dieu :
Pour y toucher du doigt ie donnerois ma vie.
Peut-on d'vn trop grand prix payer la moindre part
De l'extreme faueur que le Ciel te depart ?
Au lieu de vostre Croix, Faites, CHRIST, que les nostres
Nous soient par vostre amour faciles à porter :
Car puis que nos pechez vous tenez comme vostres,
Vous pourrez bien nos croix pour vostres reputer.

Mais nous voicy, Seigneur, à l'heure deftinée
Dans l'eternel confeil de la diuinité
Pour finir par ta mort noftre captiuité,
Et tenir de l'Enfer la puiffance enchainée.
Pourrez vous bien, mes yeux, dans les torrens de pleurs
Qui vous vont fubmerger, regarder ces douleurs
Dont nos plus grands tourmens ne font que des figures?
Pourrez-vous, ma raifon, les voir fans vous troubler?
Et pourrez-vous bien croire, ô vous races futures,
Ce que ma voix ne peut vous dire fans trembler?

XLVI.

Celuy qui donne aux champs tant de moiffons dorées,
Qui fait naiftre les fruits fouz des feüillages vers,
Qui pare les oyfeaux de plumages diuers,
Et couure les poiffons d'efcailles azurées:
Ainfi qu'vn vermiffeau fe void fans veftemens
Expofer aux rigueurs de tous les Elemens
Par vn cruel mespris qui tout autre furmonte.
Mais, Barbares, en vain vous faites ces efforts
Pour mettre vn Dieu tout nud, puis que fa chafte honte
Comme vn voile de pourpre enuelope fon corps.

O Croix, l'amour du Ciel, & l'espoir de la terre,
Qui n'agueres estois execrable aux mortels;
Tu seras desormais l'honneur de nos autels,
Puis que par toy IESVS, aux Demons fait la guerre.
Throsne du Dieu viuant, Tombeau d'vn Dieu mourant,
Les Anges à l'enuy chantent en t'adorant
Les hymnes immortels qui sont deuz à ta gloire.
O Croix qui sers de champ au combat glorieux
Où mon Roy sur l'Enfer emporte la victoire,
Tu n'es plus vne Croix, mais l'eschelle des Cieux.

XLVIII.

Que ie t'estime heureux, ô sainct arbre de vie,
De receuoir de CHRIST les doux embrassemens:
L'amour qu'il a pour toy mesprise les tourmens
Dans l'aise de souffrir dont son ame est rauie.
Vne Vierge autrefois le porta dans son sein,
Et tes bras estendus pour le mesme dessein
Font l'office auiourd'huy d'vne seconde mere.
Elle le tint naissant, Tu le tiens aux abois;
Puis que chacune donc nostre salut opere,
Ne separons iamais la Vierge de la croix.

De quel fremiſſement iuſques dans les entrailles
Sens-ie trembler mon cœur par l'horreur de ces coups
Qui s'en vont enfoncer d'impitoyables clous
Dans les membres ſacrez du grand Dieu des batailles ?
Iuifs, à quoy penſez-vous ? le pole de l'aymant
Attire moins le fer, que ce diuin amant
Ne tire à luy ſa Croix, & qu'il n'eſt tiré d'elle.
Les inuiſibles nœuds dont ils ſont attachez
Feroient ceſſer en vous ceſte fureur cruelle,
Si d'incredulité vous n'eſtiez point touchez.

L.

Si nous fuſmes iadis punis par vn deluge
Quand le Ciel courroucé verſa tant de ruiſſeaux
Que les ſommets des monts aſſiegez par les eaux
S'abyſmerent au lieu d'eſtre noſtre refuge :
Pouuons-nous maintenant aſſez nous eſtonner
Qu'vn deluge nouueau vienne pour nous donner
Vn ſecours aſſeuré contre toutes nos peines ?
O clous que vous ſerez deſormais precieux,
Puis que du ſang d'vn Dieu vous ouurez les fontaines
Qui lauent nos pechez, & nous menent aux Cieux.

Esprits passionnez du desir de vengeance,
Venez voir sur la Croix regner la charité :
Son pouuoir est si grand, que le Ciel irrité
N'en sçauroit soustenir la saincte violence.
Car comment pourroit-il n'exaucer ceste voix
Qui du profond du cœur *et* du haut de la croix
Auec mille souspirs demande vostre grace.
Iusqu'à quel point, Seigneur, aimes-tu tes amis,
Puis que par vn amour qui tout autre surpasse
Tu fais viure en mourant tes plus grands ennemis ?

L I I.

Quel cœur de diamant ne deuiendroit sensible
Aux suprémes faueurs d'vn amour si parfaict ?
Et quelle cause peut produire vn tel effect
Sans respandre sur nous vne grace visible ?
Qu'en dis-tu bon larron ? Voudrois-tu que ta mort
Ne t'eust point amené dans le celeste port
Par le souffle diuin de ces paroles sainctes ?
Par quels larcins, Seigneur, dans les Enfers maudis,
De cet heureux larron fais-tu cesser les plaintes
En desrobant son cœur, *et* luy ton Paradis ?

Le Ciel iusques alors n'auoit veu que des Anges :
Les hommes estans nez dedans l'iniquité
Ne pouuoient esperer ceste felicité
Sans que Dieu fist pour eux des miracles estranges.
Mais nos yeux maintenant apperçoiuent le iour
Où l'amour triomphant de la mort à son tour
Ouure le Paradis à la race mortelle.
Donc de ce sainct larron celebrons la grandeur ;
Car puis qu'il porte au Ciel ceste heureuse nouuelle,
Peut-on trop estimer vn tel Ambassadeur ?

LIIII.

Mais ie laisse IESVS au milieu de ses peines
En parlant du salut qu'il nous a procuré,
Et ne m'apperçois pas comme il est alteré
Par la perte de sang qui desseiche ses veines.
Quoy, Iuifs, vous presentez du vinaigre & du fiel
A celuy dont l'amour est vn celeste miel
Qui remplit de douceur & nos corps & nos ames ?
O que vous ignorez quelles sont ses douleurs :
La soif que cet amour excite par ses flâmes
Ne se peut appaiser que par l'eau de nos pleurs.

Peuples, venez icy des quatre coins du monde
Voir en quatre morceaux partir ce vestement,
Qui iusques à la Croix fut le seul ornement
Du Createur des Cieux, de la terre, & de l'onde.
C'est le Symbole sainct de son humanité,
Qui s'offrant à la mort pour nostre impunité
Void separer son corps de l'ame qu'il enserre :
Car il falloit qu'ainsi CHRIST regnast en tous lieux,
Par son ame aux Enfers, par son corps en la Terre,
Et par sa Deité sur la voute des Cieux.

LVI.

En fin vostre fureur, soldats, se void contrainte
De rendre quelque hommage à la Diuinité,
Dont vous recognoissez l'admirable vnité,
Laissant en son entier ceste tunique sainte.
Mais à quoy pensez-vous de la ietter au sort ?
Vn veritable Enfer vous punira du tort
Que vous faites à Dieu, mesprisant sa figure.
Habit mysterieux peut-on trop te vanter,
Si les mains de la Vierge ayant fait ta tissure,
Son Fils fut seulement digne de te porter ?

Mes yeux, si de vos pleurs la source n'est tarie;
Mon cœur, si la douleur n'esteint vos sentimens;
Renouuellez vos pleurs & vos gemissemens
Afin de compatir aux trauaux de Marie.
Jamais nul des humains aux abois de la mort
De si cruels tourmens n'a ressenty l'effort,
Ny mesmes les Martyrs au milieu des tortures.
IESVS de cent bourreaux esprouuant la fureur,
En cent endroits du corps a receu des blessures;
Mais toutes ont percé la Vierge dans le cœur.

LVIII.

Comme vn vainqueur ialoux d'eterniser sa gloire,
D'vn illustre captif aime mieux triompher,
Que cruel, par la mort la memoire estoufer
De celuy qui vivant embellit sa victoire.
Ainsi le saint amour nous fait voir auiourd'huy
Que la mere d'vn Dieu reçoit la loy de luy
Lors que voulant mourir il la contraint de vivre:
Mais puis que par la Croix il obtient ce bon-heur,
Quels Roys refuseront desormais de la suiure,
Si la Reine des Roys le tient à grand honneur?

Disciple bien-aimé, si ta douleur amere
N'auoit point assoupy la vigueur de tes sens,
Pourrois-tu supporter le plaisir que tu sens
De receuoir d'vn Dieu sa mere pour ta mere?
Iamais en mesme temps, tant de biens & de maux
N'ont meslé dans vn cœur l'aise auec les trauaux,
Que le tien maintenant par l'amour en esprouue.
O trois & quatre fois heureuse affliction
Dans laquelle IESVS son contentement trouue,
Et qu'il daigne honorer de ceste adoption.

L X.

Diuine adoption! Quelle estrange fortune
Nous rend comme sainct Ian, par vn heur sans pareil,
Fils de celle qui prend pour manteau le Soleil,
Et qui void souz ses pieds le globe de la Lune?
Vierge que l'amour sainct embraze de ses feux,
Tu ne peux, ny ne dois estre froide à nos vœux;
Puis que sans les pechez dont nous sommes coupables,
Vn Dieu n'eust par sa mort fait viure les mortels,
Ny sousmis à tes loix ses grandeurs adorables
Qui font en tant de lieux honorer tels autels.

Mais ie voy le Soleil tout couuert de tenebres,
Plus obscur dans le Ciel que dans le sein des eaux,
Donner si peu d'esclat aux celestes flambeaux,
Qu'ils ne paroissent plus que des torches funebres.
Terre, ton redempteur n'est pas loin du cercueil:
Desia tout l'vniuers est tapissé de dueil,
Et pour l'enseuelir le temple rompt ses voiles.
Fay mon vnique amour, par ton diuin secours,
Que nos cœurs enflammez seruent au lieu d'estoiles
Pour esclairer la nuict qui va finir tes iours.

LXII.

Quelle tragique voix mes oreilles estonne,
Et fait de mes deux yeux deux fontaines de pleurs?
Toy qui semblois muet au milieu des douleurs,
Tu te plains maintenant que ton Dieu t'abandonne.
Mais il te faut soufrir pour supresme tourment
L'estat aneanty de ce delaissement
Qui reduit tout esprit en si grande agonie.
En vain tant de bourreaux seroient tes ennemis,
Iamais leurs cruautez n'auroient finy ta vie,
Si ton pere eternel ne l'eust ainsi permis.

LXIII.

Retirez-vous Demons, & vous Juifs leurs complices,
Iesvs n'est plus subiet à souffrir vos fureurs;
Et desia les Enfers preparent les horreurs
Qui doiuent augmenter vos eternels supplices.
Mon Sauueur i'apperçois dans ce fatal moment
Commencer les effets de ton sainct testament
Qui nous rend heritiers de l'empire celeste :
Ton corps dans les tourmens par l'amour abysmé
N'a plus rien de viuant que la voix qui luy reste
Pour dire à l'Vniuers que tout est consommé.

LXIIII.

Anges, cessez vos chants pour escouter ma plainte,
Et pleurez comme moy voians ce diuin corps,
Où la terre & les Cieux ont mis tous leurs tresors,
Separé par la mort d'auec son ame sainte.
Le Soleil dans ses yeux est maintenant esteint,
Les lys ont effacé les roses de son teint,
La Maiesté languit sur son front venerable :
Mais, par vn conseil pris de toute eternité,
Ce corps en cet estat est tousiours adorable,
Car tousiours il est ioinct à la Diuinité.

LXV.

Seigneur, si les ruisseaux de ton amour extresme
Durant leur moindre cours ont charmé nos espris;
De quel rauissement ne serons-nous surpris
En voiant tout d'vn coup ouurir la source mesme?
O lance qui perçant ce costé precieux
Donnes sans y penser ce bon-heur à nos yeux,
Deuons-nous te nommer cruelle ou sauorable?
Le fer semble cruel quand pour tirer de l'or
La terre dans son flanc le trouue impitoyable;
Mais s'il estoit plus doux nous serions sans tresor.

LXVI.

Cœur qui n'auez, vescu que pour nous faire viure,
Et n'estes mort qu'afin que nous ne mourions pas:
J'irois dans mille feux chercher mille trespas
Plustost que de manquer au deuoir de vous suiure,
Cœur tout bruslant d'amour, seruez-nous de flambeau
Pour conduire nos cœurs iusques dans le tombeau.
Et vous-mesme soiez ce tombeau plein de flâmes:
Entre tous nos souhaits, le plus grand desormais
Sera qu'en vos ardeurs se consomment nos ames,
Puis que mourans en vous nous viurons à iamais.

LXVII.

Quels bruits prodigieux dans la terre s'entendent,
Et se trouuent suiuis de si grands tremblemens?
Quel violent effort ouure les monumens?
Et quel miracle fait que les pierres se fendent?
Saincts, dont les corps gisans se leuent auiourd'huy,
Et sortent du cercueil pour honorer celuy
Qui viuant a soufert toutes sortes d'iniures;
Rasseurez nos esprits dans cet estonnement,
Et faites que l'effroy des autres Creatures
Nous donne pour IESVS vn plus grand sentiment.

LXVIII.

Incomparable effet d'vne cause diuine:
Ceux qui le Redempteur outrageoient cy-deuant
Cognoissent par sa mort qu'il est le Dieu viuant,
Et touchez de regret se frappent la poictrine.
Des ombres de l'erreur leurs yeux estoient conuers,
Lors que les siens pour nous esclairoient l'vniuers,
Si tost qu'ils sont esteints, ils confessent leur faute.
Estrange aueuglement! Faut-il pour te guerir
Vn miracle si grand? Car l'œuure la plus haute
Que Dieu fera iamais, c'est de pouuoir mourir.

EXTRAIT DV PRIVILEGE DV ROY.

Par grace & Priuilege du Roy, il est permis à Edme Martin Imprimeur-Libraire à Paris, d'imprimer ou faire imprimer, vendre & debiter vn liure intitulé, *Stances pour Iesvs-Christ*: & ce pour le temps & espace de six ans: & defenses sont faites à tous Libraires & Imprimeurs, & autres personnes de quelque qualité & condition qu'ils soient, d'imprimer, vendre, & debiter ledit Liure, durant ledit temps, si ce n'est du consentement dudit Martin, sur les peines portées par ledit Priuilege. Donné à Paris, le 20. Auril, 1628. & du regne de sa Maiesté le dix-huictiesme. Signé, Par le Roy en son Conseil, Svblet. Et scellé du grand seel sur simple queuë de cire iaune.

APPROBATION DES DOCTEVRS.

Novs soubsigné Docteur en Theologie, & Professeur du Roy en icelle, certifions à tous & chacun qu'il appartiendra, auoir leu & examiné les Vers intitulez *Stances pour Iesvs Christ*, & n'y auoir rien trouué qui ne soit conforme à la foy de l'Eglise Catholique, Apostolique & Romaine: au contraire y auoir plusieurs poincts émouuans à la deuotion & ferueur que chaque Chrestien doit porter aux mysteres de nostre redemption. En foy dequoy nous auons souscrit ces presentes de nostre sein manuel, ce 19. d'Auril 1628.

A. DVVAL.